如果把辛牧定位為意象主義者，並不為過。
他無需訴諸繁瑣的語言，也不依賴濃縮的技巧，
讓透明的文字不證自明地釋放飽滿的意義。

——陳芳明

問魚

辛牧詩集

目錄

問魚

火金姑

相招來庄腳
一郎一把火
甲汝來帶路

碑

那是一張蝕滿皺紋的臉
在現實與生存之間
那是一張望著遠方發愣的臉

甕

把你們的淚水拋給我
我的口恒張
把你們啃過後的果核拋給我
我是甕，你們心中的井

塚

在月光下發亮的
喔，母親的乳房
我是待哺的嬰兒

棄婦

被命運推在一邊
沙塵到處
那麼多孩子搶一只風乾的奶

婦人

除了一張大花臉
她的青春
歲月在捲菸中呼吸

除了一雙翹得半天高的大腳板
再沒有比那氣味
更能把整廂旅客擺弄得如此昏沉

茶壺

一只古老的茶壺
我用今日的開水
泡開一壺陳年的普洱

茶杯

有時盛著茶葉淡淡的鄉愁
有時盛著高粱濃濃的鬱卒
有時盛著一只空空的大口

煙灰缸

我吸著一根又一根的菸
把昨日一圈一圈吐出來
在煙灰缸上
彈下一段一段灰白的故事

旋轉木馬

木馬輕快地旋轉著
怎麼才盹了一下
彷彿已是幾生幾世了
木馬緩緩地旋轉著

轆穀機

把一把一把的青春
從這邊塞進去
轆穀機嘩啦嘩啦地響著
歲月從另一邊呼嚕呼嚕地溜出來

香檳

我滿腹的氣
禁不住你一陣搖晃
就衝出口了

爆竹

我原本平息的心
都是妳
煽風點火
把我給氣炸了

爆米花

我睡著
又實又沉

我醒來
又胖又虛

紙鳶

你用一條線
縛住我
把我拉上天
和雲比高

紙鶴

把愛
層層摺疊
一隻鶴
在夢中飛翔

葫蘆竹

埋藏的心
出土之後
便隨著太陽
節節高升

放水燈

把滿載的祈望
託付
紙船在天河
時明時暗

蟬禪

蟄伏只為
站在制高點
仰天長嘯
把世界炒熱

籠子

有人養寵物
在籠子裏

在籠子裏
一群鳥驚慌振翅
一群人倉卒奔走

情人節

送妳
一朵花
然後
把花一瓣一瓣
剝
光

蓮霧

掛滿枝頭的風鈴

風呢

聽蟬

一聲

二聲

三四聲

知了

問魚

問魚
快樂嗎

魚回我
一個泡泡

生老病死

生

一堆人從旋轉門擠進來
經過後門
從煙囪一溜煙逃出去

老

牙齒剛長齊
又掉光了

病

一隻黃蜂
在我身上下一顆卵

死

埋在地下的
一株冬蟲夏草

星星月亮太陽

星星

星星在天上四處張望
他一定看到不該看的東西
難怪眼睛老是扎扎的

月亮

半夜
她在池邊攬鏡自照
哇！什麼時候長了皺紋

她望著湖中的影子
正當出神之際
湖問：我漂亮嗎

太陽

他是一個癡情漢
他就是不相信
這輩子追不上月娘

紅綠燈

這裡我最大
管你大車小車黑頭車
都要看我眼色

斑馬線

躲過掠食者的爪牙之後
仍逃不過人類的捕殺
如今只剩下一張皮
還被放在路上
任人踐踏

鐵蒺藜

鐵蒺藜是最奇妙的植物
唯一可以確定的
他的愛
嗜血
而且根根入骨

Esc

我在鍵盤上劈哩啪啦
寫我一生
然後按下 Esc

雨來吋滴

雨來吋滴
像妻每天
在耳邊複誦的
柴油米鹽醬醋茶

櫻花

抬頭
一樹櫻花
低頭
一地櫻花

市招

前有市招曰：
不純砍頭

市招後
果然一堆蜂頭

曇花

剛勃起
就洩了

荷花

我走近池塘
跟荷花打招呼
荷花瞪著我說
原來你跟一般人沒兩樣

快槍俠

他不過是一朵曇花
總在夜深人靜
詩意飽滿時
唱出一首動人的詩歌

菅芒

菅芒在風中搖旗吶喊
我家的毛毛對憤怒的警察說
大人，那是我的尾巴

桂花

一群人穿梭於桂樹之間
留下無數的驚嘆
而風說，那不過是一地黃花

俳句

池塘掉下一片月餅
群蛙噗通噗通

●

屋外大雨淅瀝
屋內老婆嘩啦

普羅米修斯

師：我的火怎麼越來越小

生：都跑到我們這邊了

含羞草

我輕輕觸她一下
她說
別碰我
人家那個來了

蚊子

管你仕農工商
老子一管
圓滿俱足

壁虎

大口一張
環肥燕瘦
俱入大腹

禪

蟬螳螂黃雀
鬼上帝尼采
均入六道

空無

開門
空
推窗
無

錯愕

按自家門鈴
走出一個陌生人

啊，對不起
按錯了

夢遺了

——聞某人說夢遺

夢走了
恨留下
一片江山
一灘流水

1. 沉重

一隻鳥在天空
掉下一根羽毛
打在一朵花上
然後她就死掉了

2. 沉重

一隻鴿子在地上撿到一塊麵包
牠留給這個世界最後一個白眼
然後牠就死掉了

八哥

上世紀養的
那隻鳥
還在籠中
你好你好

魚說

一隻魚從水中跳上岸
太陽說：你不耐煩嗎
魚說：我高興

飛

那人從高空躍下
他從來不曾這麼快樂
這是他這輩子唯一的自由

對鏡

我每天都會跟那個人見面
我一再問自己
為什麼他還在
我開始討厭自己

詩

不小心打翻的墨水
在桌上渲然成詩

問魚

煮豆

燒豆萁煮豆
一個話頌
一個話痛

秋

樹葉一陣顫抖
秋來了
野雁頭上飛

食蕉

食蕉連皮
秋風瑟瑟

鴿子

鴿子在門口
東晃晃西晃晃
東啄啄西啄啄
我睜睜看著牠
吃掉我的時間

巴庫

巴庫巴庫
太陽西下
嘆息聲起

＊巴庫：日語後退

火雞

一群火雞在籠子裡
咯咯叫個不停
對面的警察說
都給三餐了
不知在吵什麼

國家圖書館出版品預行編目（CIP）資料

問魚 / 辛牧著 . -- 初版 . -- 新北市 :
斑馬線 , 2017.09
面； 公分
ISBN 978-986-94770-6-2(平裝)

851.486 106013617

問魚

作　　者：辛牧
主　　編：施榮華
封面設計及插圖：殺蟲劑

發 行 人：洪錫麟
社　　長：張仰賢
總　　監：林群盛
製　　作：創世紀詩雜誌社
出 版 者：斑馬線文庫有限公司
法律顧問：林仟雯律師

總 經 銷：楨德圖書事業有限公司
地　　址：新北市新店區寶興路 45 巷 6 弄 7 號 5 樓
電　　話：02-8919-3369
傳　　真：02-8914-5524

製版印刷：龍虎電腦排版股份有限公司
出版日期：2017 年 9 月
I S B N：978-986-94770-6-2
定　　價：280 元

本書保留所有權利，欲利用本書全部或部分內容者，須徵求斑馬線文庫同意或書面授權，版權所有．翻印必究，本書如有缺頁、破損、倒裝，請寄回本社更換

ISBN 978-986-94770-6-2